PETITES SCÈNES

DE LA

GRANDE VILLE

PAR

Alexandre Tardif.

PARIS.

IMPRIMERIE ET FONDERIE D'ÉVERAT,
rue du Cadran, n° 16.

1836.

PETITES SCÈNES

DE LA

GRANDE VILLE.

PETITES SCÈNES

DE LA

GRANDE VILLE

PAR

Alexandre Tardif.

PARIS.

IMPRIMERIE ET FONDERIE D'ÉVERAT,

RUE DU CADRAN, N. 16.

1836.

LE MARI

ET

LA FEMME.

L'hymen est un lien charmant.

— MARSOLLIER. —

Le Mari et la Femme.

Une salle à manger. — Le mari et la femme sont à déjeûner.

LA FEMME.

Le dîner que nous avons donné hier était charmant, n'est-ce pas, mon ami?

LE MARI.

Oui, j'en conviens, c'était assez agréable à voir, des truffes partout; bref, j'ai bien dîné, les autres aussi; mais ça coûte cher.

LA FEMME.

Mon Dieu ! les maris disent tous la même chose !

LE MARI.

Vraiment ! c'est que les femmes les mettent tous dans la même position. Mais, écoutez, je ne me plaindrais pas trop de la dépense occasionée par le repas, s'il n'y avait pas eu bal ensuite.

LA FEMME.

Cette fois, la danse était de rigueur.

LE MARI.

Comment cela ?

LA FEMME.

Des confrères, moins riches que vous, ne donnent-ils pas souvent un bal après un grand dîner ?

LE MARI.

C'est vrai ; mais je ne les approuve pas. Faire danser les autres, le bel amusement !

LA FEMME.

C'est celui dont il faut se contenter prudemment quand on ne peut plus danser.

LE MARI.

Ce n'est probablement pas pour moi que vous dites cela ; je pourrais danser encore très-joliment, si ce n'était le décorum. Un bon agent de change ne doit pas plus *sauter* que sa caisse.

LA FEMME.

Je vous passe le calembour. Mais ma soirée ne doit nullement vous contrarier, je vous en réponds, monsieur.

LE MARI.

Alors prouvez-le-moi, s'il vous plaît.

LA FEMME.

Rien de plus facile. Combien avions-nous de personnes ?

LE MARI.

Une centaine, je crois, en comptant celles du dîner.

LA FEMME.

Eh bien ! voilà cent personnes qui ont la meilleure opinion de vous et de votre femme.

LE MARI.

Qu'est-ce que cela rapporte ?

LA FEMME.

Un jour vous pouvez avoir besoin d'elles, ensemble, non ; mais séparément... et vous les trouverez.

LE MARI.

J'en doute, madame. La mémoire du

plaisir est aussi ingrate que celle de l'esto-
mac.

LA FEMME.

Du tout... Vous avez vu nos ministériels ;
ils acceptaient des invitations de dîners, de
bals , et on sait comment ils prouvaient leur
reconnaissance à la Chambre des députés.

LE MARI.

Il ne s'agit plus de ça.

LA FEMME.

Chacun de nos invités ne fera-t-il pas
notre éloge, au moins par politesse ? Chacun d'eux ne dira-t-il pas, en parlant de
nous : Les aimables gens ! le mari est d'une
complaisance ! la femme est charmante ?

LE MARI, impatienté.

Enfin, qu'est-ce que de tels discours me
vaudront ?

LA FEMME.

A vous, monsieur! une réputation d'excellent mari.

LE MARI.

Eh! madame! je vous déclare que je ne puis ni ne veux mériter une telle approbation.

LA FEMME.

Pourquoi donc?

LE MARI.

Dans le monde, je serai complaisant, par hasard; mais, quand nous serons seuls...

LA FEMME.

Eh bien! monsieur?

LE MARI, *avec colère.*

Eh bien! madame... vous verrez...

LA FEMME.

Quel ton!... Quelle raison avez-vous pour le prendre?

LE MARI.

Vous me le demandez! Pensez-vous que j'oublie ainsi la conduite que vous teniez quand vous étiez jeune et jolie? (*Il se léve de table.*)

LA FEMME.

Ah! monsieur, quelle dureté! Vous ne deviez plus me rappeler cela!

LE MARI, *se promenant avec agitation.*

Vraiment! quand j'y songe, je... Maudite femme, va! (*Il lui jette sa serviette.*)

LA FEMME, *se levant.*

C'est indigne!... me traiter de la sorte quand je m'y attends le moins! (*Elle lui jette une assiette.*)

LE MARI, *furieux*.

Madame! après une telle conduite, nous ne pouvons plus vivre ensemble. Dès demain nous nous séparons.

LA FEMME.

Soit, monsieur.

(*Silence*.)

LE MARI, *sortant*.

Je viendrai dîner comme à l'ordinaire.

L'AMANT

ET

LA MAITRESSE.

An for love.

L'Amant

et

La Maîtresse.

— Une allée à Tivoli. —

L'AMANT.

Ainsi, tu m'assures qu'il ne t'a pas pris la main ?

LA MAITRESSE.

Sans doute.

L'AMANT.

Parole d'honneur ?

LA MAÎTRESSE.

Quand je te dis une chose, il me semble que tu dois me croire.

L'AMANT.

Oui. Mais c'est qu'à la contredanse, en balançant, ce monsieur avait l'air bien amoureux de toi; et, ce qui ne me plaisait pas du tout, c'est que tu lui souriais.

LA MAÎTRESSE.

Moi! Si on peut dire!...

L'AMANT.

Ca encourage, vois-tu... et alors il pourrait arriver des choses... Cela se voit très-souvent.

LA MAÎTRESSE, *avec dépit.*

Tu recommences! Eh bien! oui, ce jeune homme m'a pris la main tendrement; cela

m'a fait plaisir, parce qu'il est joli garçon...
Es-tu content à présent?

L'AMANT.

Oh! si tu te fâches!

LA MAITRESSE.

C'est vrai. Avec toi, il n'y a pas moyen
d'y tenir.

L'AMANT.

Allons, mets que j'ai tort.

LA MAITRESSE.

Ah! bah! tous les jours la même chan-
son.

L'AMANT.

Qu'il ne soit plus question de rien. Est-ce
que tu m'en veux, ma petite femme?

LA MAITRESSE.

Oui, monsieur, et pour long-temps.

L'AMANT.

Je te demande pardon.

LA MAITRESSE.

Vilain monstre !

L'AMANT.

Eh bien ! oui, là, je suis un monstre, tout ce que tu voudras ! Mais je t'aime bien, n'est-ce pas ?

LA MAITRESSE.

Oui, je le sais, et je pourrai peut-être pardonner...

L'AMANT.

Que tu es bonne !

LA MAITRESSE.

Mais que je ne vous y reprenne pas !

L'AMANT.

Cela ne m'arrivera plus.

LA MAITRESSE.

A la bonne heure!

L'AMANT.

Dis donc, est-ce qu'il n'est pas temps de retourner chez nous?

LA MAITRESSE.

Y penses-tu? à neuf heures! Je veux encore danser, moi.

L'AMANT.

Je suis un peu fatigué de ce matin, vois-tu.

LA MAITRESSE.

Tu es toujours comme ça.

L'AMANT.

Et puis tu ne fais pas attention à une chose : si nous retournons à la danse, nous retrouverons ce joli garçon.

LA MAITRESSE.

Et puis après ?

L'AMANT, *vivement.*

Et puis après?... Il me déplaît singu-
lièrement, cet homme, et je veux que...

LA MAITRESSE.

Vous voulez!... C'est trop fort! au moment où j'ai la faiblesse de pardonner!

L'AMANT.

Mais!...

LA MAITRESSE.

Je vois enfin que vous êtes incorrigible;
aussi, pas plus tard que demain, j'en
prends un autre.

L'AMANT.

Vous me prévenez, au moins. Et cet
autre, c'est?...

LA MAITRESSE.

Vous le verrez bien.

L'AMANT.

Votre beau danseur, hein?

LA MAITRESSE

C'est possible.

L'AMANT.

Je vais tout de suite lui chercher que-
relle.

LA MAITRESSE.

C'est ça, pour se faire tuer. Alphonse,
je vous le défends.

L'AMANT.

Tiens, puisque vous ne m'aimez plus.

LA MAITRESSE, *vivement.*

Eh !... je n'ai pas dit ça !

L'AMANT.

Oh! ma petite femme! que je suis content! Tu n'en prendras donc pas un autre dès demain?

LA MAITRESSE.

Mon Dieu! non. J'en ai bien assez d'un.

L'AMANT.

Merci!... Ah çà! puisque la paix est faite une seconde fois, veux-tu retourner chez nous?

LA MAITRESSE.

Mais, pourquoi donc désirez-vous tant quitter Tivoli?

L'AMANT.

C'est que, vois-tu, dans la chambre, on est toujours mieux que dans ces bosquets.

LA MAITRESSE, *souriant.*

Tu n'es donc plus fatigué?

L'AMANT.

Qu'est-ce que cela fait?

LA MAITRESSE.

A la bonne heure, chéri!... tu es redevenu tout-à-fait aimable. Partons bien vite!

LES

DEUX AMIS.

Qu'ils sont jolis ,
Qu'ils sont polis ,
Les bons amis
D'Paris.

— DÉSAUGIERS. —

Les deux Amis.

——

— Un riche appartement. —

PREMIER AMI.

Ce cher Léon, quel plaisir de le revoir !

DEUXIÈME AMI.

Crois que, de mon côté, j'en éprouve
aussi un bien vif.

PREMIER AMI.

Tu seras encore plus satisfait quand tu

sauras quelle est ma position. Tu vois en moi le sécretaire du duc de ***.

DEUXIÈME AMI.

Je t'en fais mon compliment bien sincère.

PREMIER AMI, *avec importance.*

Me voilà donc enfin à ma place?

DEUXIÈME AMI.

Non-seulement tu es lancé, mais encore tu veux lancer les autres.

PREMIER AMI.

Ah! oui, à propos.

DEUXIÈME AMI, *souriant.*

Tu devrais bien m'accorder ta protection!

PREMIER AMI.

A toi? cela va sans dire. (*A part.*) Il n'en a pas besoin. (*Haut.*) Ne sommes-nous pas liés depuis long-temps? Notre amitié a commencé au collége, et les amis de collége...

DEUXIÈME AMI.

Doivent l'être dans le monde.

PREMIER AMI, *vivement.*

Expression faible! Les amitiés d'enfance sont les plus respectables, les plus sacrées; celui qui les trahit n'éprouvera jamais que des joies imparfaites; au sein de la félicité, des grandeurs, il lui manquera toujours quelque chose.

DEUXIÈME AMI.

Je suis charmé de te voir dans ces dispositions.

PREMIER AMI.

Je serai toujours le même.

DEUXIÈME AMI.

Ainsi, quoiqu'en place, tu te souviendras de moi?

PREMIER AMI.

Parbleu!...

DEUXIÈME AMI.

Vois-tu, d'abord, je désirerais une place de surnuméraire, et ensuite quelque chose de mieux.

PREMIER AMI, *à part.*

Il en a donc besoin... (*Haut.*) Mon cher, je croyais que monsieur votre père vous avait laissé quelque fortune.

DEUXIÈME AMI.

Il m'a laissé des procès; et, toutes les affaires terminées, je me suis trouvé avec une rente de 600 francs.

PREMIER AMI.

Diable! mais cela suffit à un garçon.

DEUXIÈME AMI.

Oui... mais je ne suis pas seul.

PREMIER AMI.

C'est juste ; j'oubliais la belle blonde...
Toujours la même?

DEUXIÈME AMI.

Ce n'est pas tout, je suis père.

PREMIER AMI.

Un enfant de l'amour !... C'est drôle.
(*A part.*) Voilà un prétexte pour l'écon-
duire. (*Haut.*) Moi, je pensais que vous
aviez laissé là votre maîtresse.

DEUXIÈME AMI.

Je lui ai fait manquer un mariage assez

avantageux. Elle est mère à présent, et elle
a besoin de moi plus que jamais.

PREMIER AMI.

C'est possible. Mais, faut-il vous l'avouer !
si vous ne changiez pas de manière de vivre,
je ne saurais vous obliger.

DEUXIÈME AMI.

Quoi ! lorsque rien ne t'est plus facile
que de...

PREMIER AMI.

Et la morale, mon cher ! Si l'on venait à
découvrir que je protége un jeune homme
qui a une maîtresse, un enfant...

DEUXIÈME AMI.

On ne ferait que louer ton amitié.

PREMIER AMI.

Je ne crois pas. Que de gens me feraient
mauvaise mine ! je recevrais bien moins

d'invitations... peut-être même une dis-
grace!... Rompez donc avec celle que vous
croyez aimer... laissez là votre bâtard !...

DEUXIÈME AMI.

Mon fils !...

PREMIER AMI.

Sinon, gardez-vous de compter sur votre
ami.

DEUXIÈME AMI, *noblement*.

Vous avez cessé de l'être.

L'ACTEUR

ET

L'ACTRICE.

Un préjugé français
Long-temps pour vous fut injuste à l'excès.

L'Acteur et l'Actrice.

— Un salon. —

L'ACTEUR, *rendant un rôle à sa femme.*

Tiens, ma bonne, encore une pièce dans laquelle tu ne manqueras pas de mémoire.

L'ACTRICE.

Ni toi non plus. Je t'ai fait répéter hier et je suis contente.

L'ACTEUR.

Nous nous trouvons bien l'un et l'autre

de nos petites complaisances réciproques :
n'y manquons jamais.

L'ACTRICE.

Tant que tu voudras.

L'ACTEUR.

Ah ça ! voilà une petite affaire terminée,
vite à une autre ; il ne s'agit pas de s'en-
dormir.

L'ACTRICE, *souriant*.

Là-dessus, je n'ai aucun reproche à te
faire.

L'ACTEUR.

Dis-moi, te reste-t-il un peu d'argent
pour la dépense ?

L'ACTRICE.

J'ai encore deux cents francs.

L'ACTEUR, *surpris*.

Tant que cela !

L'ACTRICE.

Mon Dieu, oui !

L'ACTEUR.

Malgré le grand dîner de mardi dernier ?

L'ACTRICE.

Certainement... Et de plus voilà des mémoires acquittés. Tiens, vois. (*Elle lui présente des papiers.*)

L'ACTEUR, *les examinant.*

En effet ; cela est on ne peut mieux. Je ne m'y attendais pas, je l'avoue. Ma foi ! tu es une bonne maîtresse de maison ; tu pourrais donner des leçons à plus d'une femme d'avoué.

L'ACTRICE.

Avec de l'ordre, on trouve toujours le moyen d'économiser.

L'ACTEUR.

Allons, tu es en bon chemin : femme prudente, épouse fidèle...

L'ACTRICE.

Autant que tu es mari constant.

L'ACTEUR.

Puisse ta fille avoir tes qualités !

L'ACTRICE.

Ton fils les tiennes. Jusqu'à présent, nous n'avons pas à nous plaindre de nos enfants : notre garçon, qui est au collége Louis-le-Grand, a eu dernièrement un prix au concours; sa sœur, qui est dans un bon pensionnat, contente ses maîtresses.

L'ACTEUR.

C'est vrai. Et c'est toujours à toi que je dois ces satisfactions-là, chère femme ! Tu as donné à nos enfants les meilleurs conseils, les seuls que tu puisses donner.

L'ACTRICE.

Vas-tu continuer à faire l'éloge de ta femme ? Si on t'entendait...

L'ACTEUR.

Ma foi ! j'en dirais bien d'autres !

L'ACTRICE.

Quoi donc encore ?

L'ACTEUR.

Ne te prives-tu pas de quelques robes, de bijoux, pour que de vieux parents ne soient pas malheureux ?

L'ACTRICE.

Je remplis un devoir sacré.

L'ACTEUR.

Des pauvres ne t'ont-ils pas bénie cent fois ?

L'ACTRICE.

Ils m'ont fait éprouver un plaisir qui en vaut bien un autre. Mais tu parles, tu parles! et tu vas oublier l'heure de la répétition.

L'ACTEUR.

C'est juste, voilà midi. Il faut nous rendre au théâtre, où le sujet de la conversation ne sera plus le même; nous parlions de bonnes actions et nous allons nous occuper de chansons.

LES
DEUX GRISETTES.

Vivent les fillettes !

— BERQUIN. —

Les deux Grisettes.

— Une petite chambre. —

PREMIÈRE GRISETTE.

Elle est gentille, ta chambre.

DEUXIÈME GRISETTE.

C'est mon mari qui l'a arrangée comme ça.

PREMIÈRE GRISETTE.

Il a du goût, le cher homme. Et tu dis qu'il est...

DEUXIÈME GRISETTE.

Il travaille chez un horloger, et peut-être un jour il le sera lui-même.

PREMIÈRE GRISETTE.

Je vois ton avenir, ma chère amie. Sais-tu que tu pouvais trouver mieux?

DEUXIÈME GRISETTE.

Moi, une ouvrière? Je ne le crois pas.

PREMIÈRE GRISETTE.

Songe donc qu'à présent une ouvrière de Paris a bien repris le dessus dans l'opinion publique.

DEUXIÈME GRISETTE.

J'ai choisi mon égal et je m'en trouve bien. Mon mari et moi sommes tous deux habitués au travail, et nous gagnons chacun de notre côté.

PREMIÈRE GRISETTE.

Le total ne doit pas être considérable.

DEUXIÈME GRISETTE.

Nous vivons, et nous trouvons le moyen de mettre à part pour les enfants à venir.

PREMIÈRE GRISETTE.

Comment donc faites-vous?

DEUXIÈME GRISETTE.

Comme ceux qui n'ont pas de fortune doivent faire.

PREMIÈRE GRISETTE.

Tu as beau dire, tu éprouves plus d'une contrariété. Que de choses dont il faut que tu te passes !

DEUXIÈME GRISETTE.

Va... je n'ai pas le temps d'y songer.

PREMIÈRE GRISETTE.

A la bonne heure! Eh bien! moi, ce n'est pas comme toi. D'abord, je ne suis pas mariée; ce n'est pas que j'aie manqué d'adorateurs pour le mariage, on est assez gentille pour ça... mais il y a tant de mauvais ménages!... ce n'est pas tentant.

DEUXIÈME GRISETTE.

Tu as vu le mauvais côté de la chose.

PREMIÈRE GRISETTE.

Si bien, que je ne changerais pas ma position pour la tienne, tout estimable qu'elle est, ce dont je conviens.

DEUXIÈME GRISETTE.

Si je ne me trompe pas, tu as un amant d'une famille riche!

PREMIÈRE GRISETTE.

Oui... le fils d'un banquier, qui a un château.

DEUXIÈME GRISETTE.

Depuis quelque temps vous êtes ensemble, eh bien! comment t'en trouves-tu?

PREMIÈRE GRISETTE.

On ne peut mieux, ma chère. Figure-toi que je n'ai rien à désirer : trois robes par mois, une loge à toutes les premières représentations, des parties de campagne, que sais-je!

DEUXIÈME GRISETTE.

Cela est séduisant. Mais en sera-t-il toujours de même?

PREMIÈRE GRISETTE.

Je suis trop raisonnable pour le penser un seul instant.

DEUXIÈME GRISETTE.

D'abord on mariera ton jeune millionnaire.

PREMIÈRE GRISETTE.

C'est probable. La famille veut absolument des enfants dits légitimes.

DEUXIÈME GRISETTE.

Tu l'aimes ?

PREMIÈRE GRISETTE.

Il me semble que oui.

DEUXIÈME GRISETTE.

Alors que de chagrins tu t'es préparés ! que ne souffriras-tu pas le jour de son mariage !

PREMIÈRE GRISETTE.

Il est de fait que ça me vexera joliment ; mais je ne m'asphyxierai pas comme la fille du musicien.

DEUXIÈME GRISETTE.

Ce n'est pas tout, il faudra dire adieu à cette aisance dont tu parais enchantée.

PREMIÈRE GRISETTE.

Ce n'est pas encore ce qui me chagrinera le plus.

DEUXIÈME GRISETTE.

Tu le dis aujourd'hui, mais quand le moment sera venu...

PREMIÈRE GRISETTE.

Eh bien ! ma bonne, je ferai comme toi, je travaillerai...

DEUXIÈME GRISETTE.

Oh ! je crains bien...

PREMIÈRE GRISETTE, *poursuivant.*

Je te viendrai voir souvent ; tu me donneras de bons conseils...

DEUXIÈME GRISETTE.

Oh ! oui, alors comme à présent.

PREMIÈRE GRISETTE.

Enfin tu seras forcée de me rendre ton estime, qui peut s'affaiblir, je le sens, mais moins que ton amitié.

DEUXIÈME GRISETTE.

Tu me connais bien.

LES

DEUX AUTEURS.

Je suis un bon enfant.

— SCRIBE. —

Les deux Auteurs.

— Un cabinet de travail. —

LE VIEUX.

Quel motif, monsieur, me procure l'honneur de votre visite?

LE JEUNE.

Voici, monsieur, une lettre de M. de*** qui vous en instruira.

LE VIEUX.

M. de *** que j'estime, que j'aime tant! Donnez-vous donc la peine de vous asseoir.

LE JEUNE.

Monsieur...

LE VIEUX.

Je suis on ne peut plus flatté d'être en relation avec M. de ***. Je vais prendre connaissance de sa lettre.

LE JEUNE, *à part.*

Allons, je le trouve très-aimable.

LE VIEUX, *lisant, à part.*

Encore un jeune homme qui se mêle d'écrire; nous en avons pourtant bien assez! (*Haut.*) On m'annonce que vous êtes auteur d'un drame en cinq actes, en vers, et on m'engage à vous guider dans la carrière que vous désirez embrasser.

LE JEUNE.

M. de *** m'a fait pressentir que la lettre serait écrite en ce sens.

LE VIEUX.

Il va plus loin. Il vous loue d'une manière que je n'irai pas trouver exagérée ;
un grand seigneur s'y connait à présent ;
mais, avant de me rendre à ses désirs et
aux vôtres, je me permettrai de vous faire
connaître certains détails...

LE JEUNE, *vivement.*

Je vous prête toute mon attention.

LE VIEUX, *à part.*

Ce jeune homme me parait avoir du talent ; il faut le dégoûter du métier. (*Haut.*)
Je ne vous dissimulerai pas que vous vous
adonnez à un genre qui présente aujour-
d'hui le plus de difficultés.

LE JEUNE.

Avec un appui tel que le vôtre, on en
surmonte de bien grandes.

LE VIEUX, *à part.*

Mon appui! il ne l'a pas encore! (*Haut.*) Votre drame, je le suppose, est remarquable par quelque endroit?

LE JEUNE, *avec modestie.*

Oh! monsieur!...

LE VIEUX.

Je vous fais donc inscrire pour avoir une lecture.

LE JEUNE.

Que de bonté! Ma reconnaissance!...

LE VIEUX.

Un instant. Après avoir attendu assez long-temps, vous obtenez le tour d'un confrère qui n'est pas prêt, et vous paraissez devant le comité; vous lisez vos vers en tremblant, et on vous reçoit...

LE JEUNE.

Quel bonheur !

LE VIEUX, *poursuivant.*

A corrections.

LE JEUNE.

C'est toujours ça.

LE VIEUX.

C'est l'ignorance, c'est une sotte écono-
mie qui les dicte la plupart du temps. Vous
retravaillez donc une scène, que dis-je ! un
acte qui vous semblait combiné le mieux du
monde, et pour lequel vous ne voyez pas
la possibilité de changement, à moins de
refaire un autre plan qui détruit tout votre
dialogue.

LE JEUNE.

C'est une autre pièce à faire.

LE VIEUX.

Précisément. Votre nouveau travail terminé, vous lisez une seconde fois, et... vous êtes refusé.

LE JEUNE.

Eh quoi! après avoir fait tout ce qu'on me demandait?

LE VIEUX.

Voilà notre récompense.

LE JEUNE.

Eh bien! ce premier échec ne me rebute pas. Un débutant a souvent un pareil sort, mais un autre ouvrage...

LE VIEUX.

C'est différent... Il est reçu à l'unanimité; on promet de le jouer avant un mois; trois ans s'écoulent... et vous en êtes au même point.

LE JEUNE.

Il se pourrait !

LE VIEUX.

Rien n'est plus véritable. Et maintenant je ne vous parle pas de circonstances plus humiliantes les unes que les autres.

LE JEUNE.

Je vous remercie, monsieur. Cependant, malgré tout, je n'abandonne pas mes projets... Ah ! quand je songe à la première représentation de ma pièce, à mon nom proclamé au milieu des applaudissements !...

LE VIEUX.

Vous rêvez un succès... mais songez à une chute.

LE JEUNE, *troublé.*

En effet !...

LE VIEUX, *à part.*

J'ai frappé juste.

LE JEUNE.

En attendant, monsieur, voici mon ma-
nuscrit. (*Il le lui remet.*) Veuillez, je vous
prie, en prendre connaissance.

LE VIEUX.

Avec le plus grand plaisir. (*A part.*) Je
n'en lirai pas un mot. (*Haut.*) Je vous
demande un peu de temps.

LE JEUNE.

Je reviendrai dans un mois. Cela vous
suffit-il ?

LE VIEUX.

Mais, oui. (*A part.*) Est-il pressé !

LE JEUNE.

Je me retire pour ne pas vous importuner
plus long-temps.

LE VIEUX, *à part.*

Voilà ce qu'il a dit de mieux depuis qu'il est là.

LE JEUNE.

J'ai l'honneur de vous saluer.

LE VIEUX.

A revoir, cher collègue. Il est enfin parti! Ah! que je déteste les jeunes gens qui veulent prendre une part de notre gâteau!

LE PROFESSEUR

ET L'ÉLÈVE.

Qui peut voir sans un respect mêlé de
la plus tendre affection, son ancien professeur !

— PICARD. —

Le Professeur

et

L'Élève.

———

— Une chambre de garçon. —

LE PROFESSEUR.

Bonjour, mon élève.

L'ÉLÈVE.

Bonjour, cher professeur.

LE PROFESSEUR.

Je suis un peu en retard; mais je vais vous donner une bonne leçon de violon.

L'ÉLÈVE.

Je ne demande pas mieux ; je suis tout prêt. Voilà le pupitre, la musique et les violons.

LE PROFESSEUR.

Oui, je vois que vous avez pensé à votre maître de musique : c'est très-bien ; mais je ne sais pas, ce matin, je suis tout chose, tout malade.

L'ÉLÈVE.

Tant pis.

LE PROFESSEUR.

Ce n'est pas l'embarras, il y a joliment de ma faute. Figurez-vous que...

L'ÉLÈVE, *l'interrompant*.

Tenez... vous me conterez cela plus tard. Jouons d'abord notre ouverture du *Pré aux Clercs*,

LE PROFESSEUR.

Quelle ardeur, mon élève! Bravo!

L'ÉLÈVE.

Commençons.

LE PROFESSEUR.

Quand vous voudrez.

(*Ils jouent tous deux du violon.*)

LE PROFESSEUR, *s'arrêtant.*

Quel mal de tête j'ai!

L'ÉLÈVE, *vivement.*

Qu'est-ce donc qui l'occasione?

LE PROFESSEUR.

Voici le fait. Deux de mes écoliers m'ont payé hier à dîner; oh! mais un dîner soigné; bref, j'étais dedans. Je vous dis ça, à vous, parce que je sais que vous êtes la discrétion même. J'en ai bien eu la preuve dernièrement. Vous vous êtes bien gardé d'aller dire à mon épouse certaines choses que je vous avais confiées.

L'ÉLÈVE.

Au fait.

LE PROFESSEUR.

J'y suis... Vous vous rappelez bien certaines petites femmes...

L'ÉLÈVE.

Parfaitement... mais si nous continuions l'ouverture du *Pre aux Clercs?*

LE PROFESSEUR

Le *Pré aux Clercs!* bel opéra! Il avait du talent, ce pauvre Hérold!... c'est un compositeur français... Il y a encore des malins dans ce pays-ci!

L'ÉLÈVE.

Continuons donc!

LE PROFESSEUR.

C'est juste. Ah ça, où en étions-nous?

L'ÉLÈVE, *indiquant l'endroit.*

Là, aux triolets.

LE PROFESSEUR.

Partons!

(*Ils jouent.*)

LE PROFESSEUR, *s'arrêtant de nouveau.*

Vraiment! les suites d'un grand dîner ne sont pas toujours des plus gracieuses; il m'en reste, ce matin, un mal de tête... oh! quel mal de tête!... et le cœur!... le cœur!...

L'ÉLÈVE.

Je comprends. (*Il appelle.*) Louis! vite! de la fleur d'orange, du thé!

FIN.

TABLE.

Le Mari et la Femme.	5
L'Amant et la Maîtresse.	15
Les deux Amis.	27
L'Acteur et l'Actrice.	37
Les deux Grisettes.	45
Les deux Auteurs.	55
Le Professeur et l'Élève.	67

www.ingramcontent.com/pod-product-compliance
Ingram Content Group UK Ltd.
Pitfield, Milton Keynes, MK11 3LW, UK
UKHW020029100726
13658UKWH00003B/1203